しょうがっこうが
きらいです！
作 山本悦子
絵 佐藤真紀子

一《いち》　モヤモヤ

むねの　なかが、　モヤモヤ　してる。
せなかが、　おもたい。　おんぶおばけが　のっかってる
みたい。
おきた　ばっかりなのに、　おなかが　いっぱい。
のろのろ　ごはんをたべて、　のろのろ　はをみがいて、
のろのろ　げんかんに　いって、　そこで、　きがついた。
「わたし、　学校《がっこう》、　いきたく　ないみたい」

そうだ。学校《がっこう》に　いきたく　ないんだ、わたし。

げんかんを　でようと　してた　パパが、ふりかえった。

「ど、どうして？」

パパの目《め》は、おっこちそうな　くらい、
ひらいてる。

どうして？

どうして　なんだろう。

あ、きっと。

「べんきょうが、つまんない　からかも」

そう、べんきょうは　つまんない。

一年生《いちねんせい》の　べんきょうは、
かんたん　すぎるんだもん。
２＋４とか、３＋３とか。
そんなの、ほいくえんの
ときから　できた。

それに、ひらがなの　れんしゅうも、
あきあき。ひらがなくらい、
かけるもん。

「たしかに、　そうかも
しれないね」
パパは　うんうんと
うなずいた。
「マユは、　あたまが
よすぎるからなぁ」
「きっと、　そう」
あたまが　よすぎるんだ、　わたし。
このまえ　テレビでやってたな。　こういう　あたまの
よすぎる子《こ》のこと。　あたまが　よすぎて、　小学生《しょうがくせい》なのに

大学生《だいがくせい》の　べんきょうを　してるって　いってた。
わたしも　もっと　むずかしい　べんきょうを
したほうが　いいのかも。
「じゃあ、こんど、ちのうけんさを　うけに　いこうか？」
「ちの　けんさ？」
それは、いや。いたそう　だもん。

「ほかには？」

パパは、きいた。

ほかに？　ええっと……。

「きゅうしょくが、いや」
きゅうしょくは、まずかったり、すくなかったり、おおかったり。
きのうの　おかずは、エビフライだった。エビフライは　すき。でも、こんな　小《ちい》さな　エビって　いるのってくらい、小《ちい》さかった。それに、一《いっ》こしか　なかった。なのに、キャベツとにんじんと　きゅうりの　マヨネーズで　あじつけ　したのは、たくさん

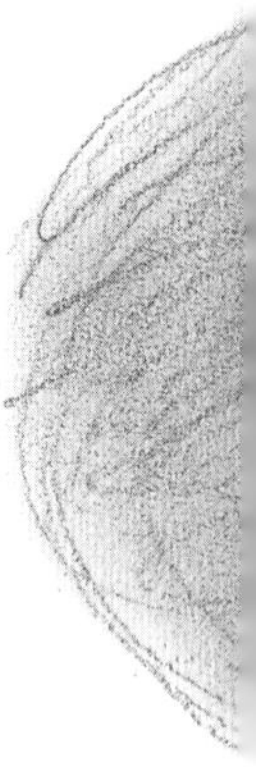

あった。サイテー。

いえだったら、エビフライ、三《さん》こは
ある。やさいは　ちょっぴりに
してくれる。なのにさ。

「じゃあ、パパが、先生《せんせい》に　たのんで
あげようか。マユの　すきな　ものの
ときは、おおくして　くださいって」

先生《せんせい》、そんなの　きいてくれるかな。

「ほかには　ない？　このさい、なんでも
いっちゃいなよ」

と、パパは　わたしの　まえに　しゃがんだ。

わたしは、ふうっと　いきを　はいた。

「なんかさ、じゆうじゃ　ないんだよね」

「じゆう？」

パパの　まゆげの　はしっこが、くいっと
下《さ》がった。

「それは、大《おお》きな　もんだいだね」

パパは、ちょっと　かなしそうだった。

「じゆうに　いきていきたい。
それは、パパも　つねづね
おもって　いるんだ。でもね、
ひとって　いうのは、
あるていどは、
ほちょうを　あわせて
いきていかないと
いけないいんだよ」
……なにいってんのか、
わかんない。

「ほら、パパと　あそんで　ないで、いいかげんに、学校《がっこう》　いきなさいよ」

だいどころから、ママが　でてきた。

「パパも、しごとに　おくれるわよ」

ママは、もごもご　いってる　パパを、げんかん　から　おしだした。

「はい。これ」

ママは、
ビニールぶくろを
さしだした。中《なか》に、
お花《はな》みたいに　先《さき》がひらいた
ストローが　いっぱい　はいってる。
「きょう、しゃぼんだま、やるんでしょ？」
きょうの　五《ご》じかんめは、せいかつかだ。
「なかにわを、しゃぼんだまの　くにに　しよう」
って、先生《せんせい》が　いってた。そのために、
「ひみつの　どうぐ」を　もってきてって。

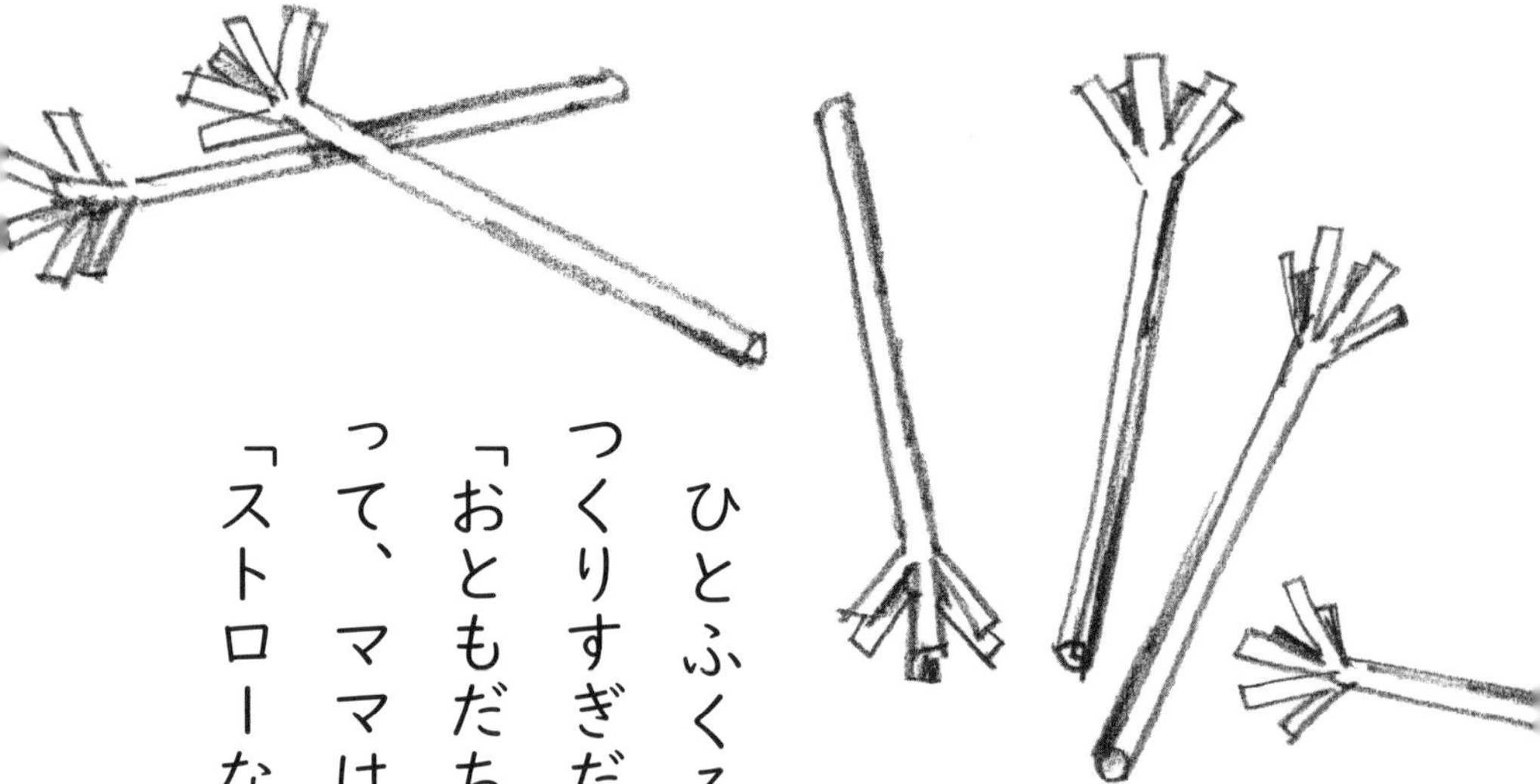

きのう、ママと　かんがえたけど、
なんにも　おもいつかなかった。

「ゆうべ、マユがねてから、そうだ
ストローだって　おもいついたの。

でね、はりきって　つくっちゃった」

ひとふくろ、みんな、先《さき》っぽが　きってある。

つくりすぎだよ。

「おともだちの　ぶんも、つくったのよ」

って、ママは　とくいな　かおだ。

「ストローなんて、みんな　もってるよ」

しゃぼんだまえきと　ストローは、先生《せんせい》から
もらうことに　なってる。
「いいの、いいの」
ママは　いうけど、こんなの　どこが
「ひみつのどうぐ」なんだよ。
それなのに、ママは、ストローのたばを
ランドセルに　おしこんだ。
「いってらっしゃい！
きょうは　しゃぼんだま　びよりだよ」

二《に》

ねねちゃんとみさききちゃんと　ぎんちゃん

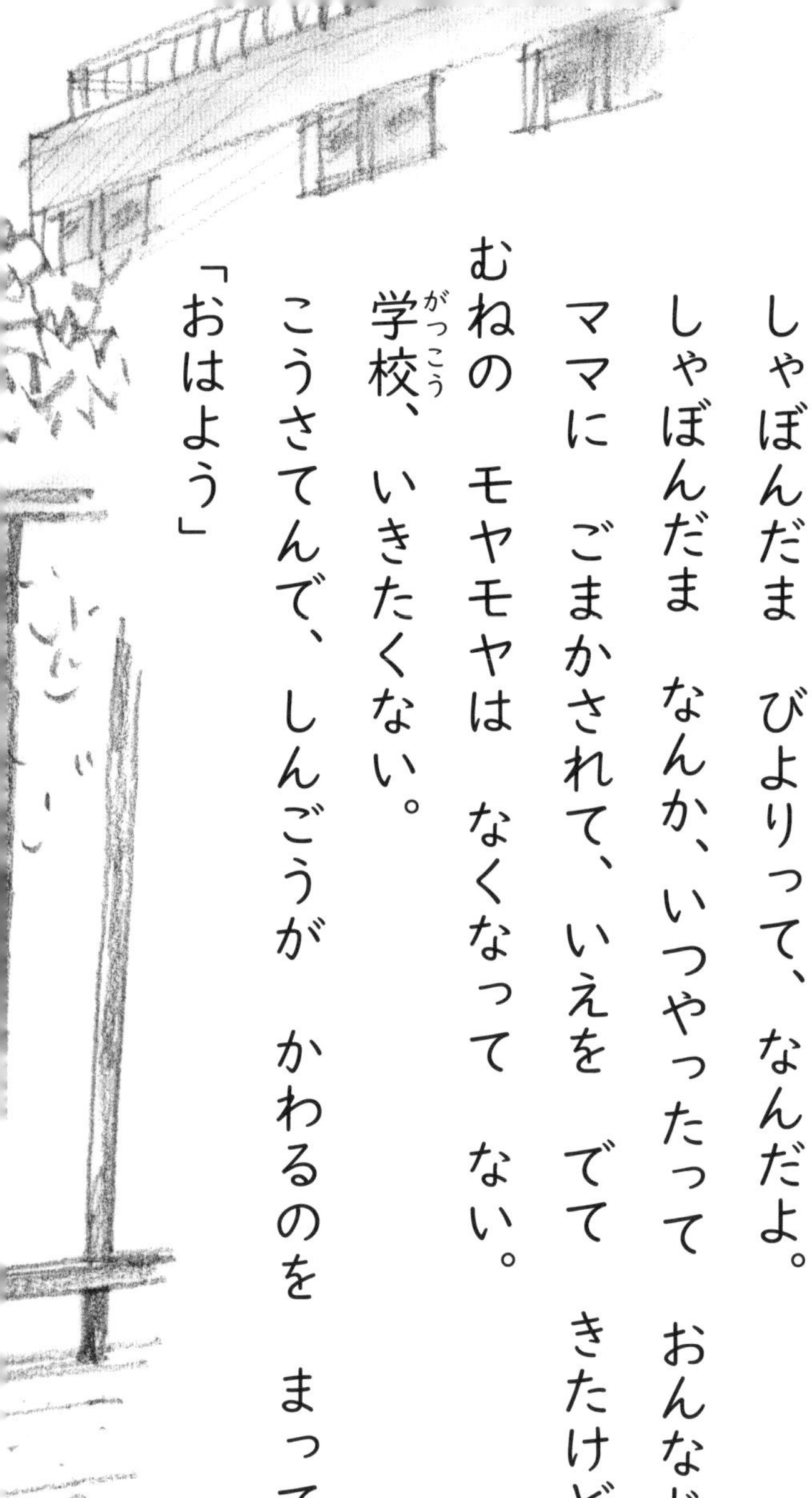

しゃぼんだま　びよりって、なんだよ。
しゃぼんだま　なんか、いつやったって　おんなじだよ。
ママに　ごまかされて、いえを　でて　きたけど、
むねの　モヤモヤは　なくなって　ない。
学校《がっこう》、いきたくない。
こうさてんで、しんごうが　かわるのを　まってたら、
「おはよう」

こえを　かけられた。
ねねちゃんだ。　ねねちゃんは、
おなじ　クラス。　うしろの　せき。

「ねえ、マユちゃんってさ」
ねねちゃんが　なにか　いおうと
したら、
「ねねちゃーん、おはよう」
みさきちゃんが、はしって　きた。
　わたしも　いるのに、
ねねちゃんにだけ
おはようをした。
「ねねちゃん、
なにに　した？」

すぐ　わかった。
せいかつかの　はなしだ。
きのう、先生《せんせい》は　いったんだ。
「どうやったら、たくさん、しゃぼんだまが　つくれるか、
おともだちと　いっしょに　かんがえても　いいよ」
ねねちゃんと　みさきちゃんは、いっしょに
かんがえたのかな。
みさきちゃんには、わたしのこと、見《み》えてないみたい。
ねねちゃんにだけ、はなしてる。

ねねちゃんと　みさきちゃんが　ならんで、わたしは
ひとりで、まえを　あるいた。
ふたりの　はなしは、しゃぼんだまから
スイミングの　はなしに　なってた。
ふたりとも　おんなじ　スイミングみたい。
「でね、えみちゃんコーチがね」
って、わたしの　わからない　ことで　わらってた。

きょうしつに　つくと、
「しゃぼんだまの　ひみつの

どうぐ、　なにに　した？」

って、　みんな、
そんなこと　ばっかり。

「いっしょに　やろうね」

とか。

「ようち　だな」

小《ちい》さい　こえで、　いって　みた。

「ようち」って、　子《こ》どもっぽい
って　こと。　パパが　おしえて　くれた。

みんな、　ようち。

ようちな子《こ》とは、おしゃべり　しないことに　してる。
しゃぼんだま　なんて、うんと　小《ち》さい　ころから
やってるのに、なんで　みんな　さわいでるんだろ。
あんなの　ふうって　ふく　だけだ。つまんない。
「おまえ、しゃぼんだまの、もって　きた？」
となりの　せきの　ぎんちゃんが、
きいて　きた。
「しゃぼんだまのって？」

わかったけど、
きちんと　いわないから、
わからない　ふりをした。
ぎんちゃんも　ようち。
「わかるだろ。しゃぼんだまの　どうぐ」
ぎんちゃんは、もう一回《いっかい》　きいた。
「もって　きた　けど、かして　あげない　からね」
ぎんちゃんは、いつも
わたしのものを　かりようとする。

えんぴつ、けしゴム、ハンカチ、セロテープ。

「かして　いらんし」

ぎんちゃんは、おこった　かおで　いった。

「あー、よかった」

わたしは、いいかえした。


「かして　いらんし」と　いったくせに、ぎんちゃんは、

「けしゴム、かして」

って　いってきた。二《に》じかんめの　さんすうの　ときだ。

「かして　いらんて　いったのに」

ろくおん　しておけば、よかった。ぎんちゃんは、

「あれは、しゃぼんだまの　はなし」

へいきな　かおだ。

ぎんちゃんの　ノートを　見《み》たら、
3が、かがみで　うつした　３に
なってた。

「かさない」

けしゴム、手《て》のなかに　かくしたら、

「おねがい、おねがい、おねがい」

三回《さんかい》も　おねがいされた。

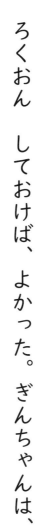

しかたないから、

「そうっと　けしてよ。

あたらしいんだから」

と、かして　あげた。

ぎんちゃんは、

「おう」

と　うけとって、
けしゴムを　ぎゅうっと
ノートに　おしつけた。

「こうやって、ていねいに」

ゆらっと　うごかした　とたん、
けしゴムは、ボキッと　おれた。

「あーっ」

わたしと　ぎんちゃんは、大《おお》きなこえを　あげた。

先生《せんせい》が、

「どうしたの？」

と、つくえの　よこまで　きた。

「ぎんちゃんが」

わたしは、ぎんちゃんが　けしゴムを　おったことを
はなした。

「わざとじゃ　ない」

ぎんちゃんは、ぶすっと　してる。

「わざとじゃ　なくても、わるいことを　したら
ごめんなさいでしょ」

先生《せんせい》に　いわれて、ぎんちゃんは　しぶしぶ、

「ぎょめんにゃしゃっ」

はやくちで　いった。

おとこの子《こ》たちが、ぶはは　とわらった。

「ちゃんと　いいなさい」

先生《せんせい》が　いっても、

「ぎょめんにゃしゃっ」

ばっかり。それなのに、

「あやまった！」

と、いばってる。

先生《せんせい》は、あきらめたみたい。

「じゃ、つぎに　いくよ」

こくばんの　ほうに、もどって　いった。

もうやだ。
むねの　なかの　モヤモヤが、ぐんと　大《おお》きくなった。

けさ、パパに、

「ぎんちゃんが、いや」

って、いえば　よかった。

「せきがえ　してください」

って、たのんで　もらえば　よかった。

ぎんちゃんが　あんなことを　しても、きびしく
おこらない　先生《せんせい》も　きらい。

ぎんちゃんが　ふざけた「ごめんなさい」を
いったとき、わらった子《こ》たちも　きらい。

みんな、ようちだ。サイアクだ。

三《さん》

ネギ、ネギ、ネギ

きゅうしょくの　じかん、もっと　いやなことがあった。
ネギだ。
ネギって、きらい。
かむと　ぐにってなって、
中《なか》から　ほそい　ネギが
にゅっと　でてくる。それを　かじると、
もっと　ほそい　ネギが　にゅっと　でてくる。

どこかのくにの　にんぎょう　みたいに、つぎつぎ
ネギが　でてくる。
一本《いっぽん》で、三回《さんかい》　まずい。
がんばって　かんでも、ぜんぜん　なくなっていかない。
くちゃくちゃくちゃくちゃくちゃ　かんでいると、げえってなる。
ピーマンも、にんじんも、しいたけも　きらい
だけど、ネギは、きらいナンバーワンだ。
それなのに、きょうの　きゅうしょくには、
ネギがいっぱい　はいってた。
こんだて　ひょうには、「すきやきに」と

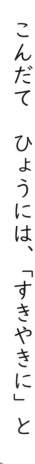

「シューマイ」って
かいてあった。
「シューマイ」は、
まあいいけど、
「すきやきに」は、
「すきやき」って
ついてるくせに、まったく
ちがってた。おにく　なんて、
ぜんぜん　ない。ネギと、はくさいと、しらたきと、
とうふしか　はいってない。うそつき　こんだてだ。

きゅうしょくは、たべるまえに、へらしに　いって
いいことに　なっている。

だから、へらしに　いった。

ネギを　えらんで、おかずの　かんに　かえしていたら、

「マユちゃん、ネギ、いっこは　たべようか」

先生《せんせい》に　いわれた。
ちぇっ。きづかれて　たのか。
ここで、ないたら　ゆるして　くれると　おもうけど、
そんなことは　しない。そういうのは　ようちだから。
きゅうしょくの　ときは、つくえを　グループにする。
わたしのまえは　ぎんちゃんで、となりは　ねねちゃんだ。
ぎんちゃんは、さっさと　ぜんぶ　たべて、
おかわりに　いった。
ねねちゃんは、だまって　たべてる。きゅうしょくの
ときは、すこしなら　おしゃべりして　いいことに

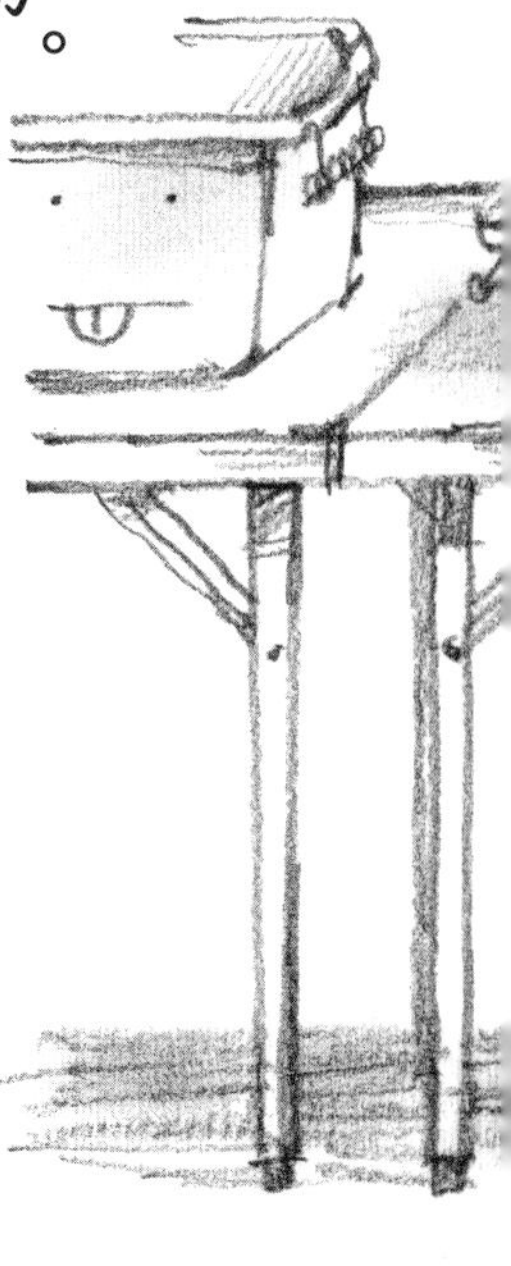

なってるのに、しゃべらない。みさきちゃんと
いっしょなら、しゃべるのかも　しれないけど。
わたしも、だまって　たべた。
あたまの　中《なか》は、ネギで　いっぱいだ。
ぜんぶ　たべて、さいごに、ネギが　のこった。
どうしよう。ちょびっとずつ、かじろうか。
ぎゅうにゅうで　のみこもうか。
まよってたら、
「あ！」
ねねちゃんの　こえがした。

コロコロコロ。

ねねちゃんの　つくえの下《した》を、
シューマイが　ころがっていく。

「おちちゃった〜」

先生《せんせい》が　きがついて、

「しかたないね。シューマイは、もうのこってないから、がまんしてね」

といった。

「さいごに　とって　おいたのにぃ」

ねねちゃんは、べそかいてる。

それを見《み》て、ひらめいた。
ネギ、おちちゃった　ことにすれば
いいじゃん。そしたら、先生《せんせい》も、
「しかたないね」
っていうはず。
そうしよう。おはしで　つまんで、おとすんだ。
そうだ、そうするんだ、マユ。
そのときだ。
目《め》のまえから　おはしが　のびてきて、わたしの
おわんの　ネギを　すばやく　つまみとった。

え？

おはしの　ぬしは
ぎんちゃん　だった。

「それ……」

ぎんちゃんは、　ニッと　わらうと、
ぱくん。　じぶんの　口《くち》に　ネギを　ほうりこんだ。

「あーっ！」

さけんだのは、　ねねちゃんだ。

「ぎんちゃんが、　マユちゃんの　きゅうしょく、たべた！」

「えーっ！」

みんなが、　あつまって　きた。　先生《せんせい》も　きた。

「ぎんちゃん、　ほんとう？」

　ぎんちゃんは、　口《くち》を　もごもご　させながら、　うなずいた。

「マユちゃんが、さいごに　とって　おいた　やつなのに」

ねねちゃんは、口《くち》を　わなわな　させてる。

「さいごに、とって　あったの？」

先生《せんせい》に　きかれた。

さいごに　とって　あった　といえば、そうなので、

「うん」

と、こたえた。

みさきちゃんが、
ぎんちゃんを　ゆびさした。

「ぎんちゃん、ひどい！」

みんなも、「そうだよ」
「ぎんちゃん、ひどい」と
さわぎだした。
みんなに　せめられて、
ぎんちゃんの　口《くち》が、
みるみる　へのじに　なった。
目《め》を　パシパシしてる。
先生《せんせい》が　きいた。
「何《なに》を　たべたの？　ぎんちゃん」
「……ネギ」

ぎんちゃんは、べーっと　したを　だした。そこには、
まだ　ネギの　白《しろ》い　すじが　のこってた。
先生《せんせい》は、ちょっと　かんがえてから、わたしを見《み》た。
「ネギなの？」
わたしは、うなずいた。
「マ、マユちゃん、ネ、ネギが
たべられなくて
こまってたから」
ぎんちゃんは、
うえ～んと　ないた。

「そうなの？」

先生《せんせい》に　きかれた。しょうじきに、

「そう」

と　へんじを　した。

「そっか」

先生《せんせい》は、じぶんの　まゆげを　ぽりぽり　かいた。

それから、ぎんちゃんに、

「なんで、マユちゃんの　きらいなもの、
たべて　あげようと　おもったの？」

って　きいた。

そしたら、ぎんちゃんは、いった。

「けしゴム、おっちゃったから」

「けしゴム？」

みんな、「は？」って　かおに　なった。

わたしも、「へ？」って　なった。

もしかして、けしゴムの　おわび？

「ぶははは」

がまん　できずに　ふきだしたら、ぎんちゃん
「へへへ」と　わらった。ねねちゃんも　わらって、
みんなも　わらって、先生《せんせい》も　わらった。

四《よん》 しゃぼんだまのくに

「じゃあ、きょうは、みんなで　しゃぼんだまのくにを　つくるよ」

五《ご》じかん目《め》は、せいかつか。なかにわでしゃぼんだまをする。

「大《おお》きいしゃぼんだまや　小《ちい》さいしゃぼんだまを、たくさん、たくさん　つくろう」

と、先生《せんせい》は　いった。

みんな、 いろいろな ひみつの
どうぐを もってきていた。
ねねちゃんは、 おさとう。
「これを いれると、 つよい
しゃぼんだまに なるよ」
みさきちゃんは、
「ねねちゃんが、
おさとうだから、
わたしは おしおにした」

ぎんちゃんは、
「かあさんが、ハチミツ
もって　いきなさいって。
うめえよ、これ」
ハチミツを　なめて、
先生《せんせい》に　しかられてた。
みんな、なかよしさんで
かたまって、しゃぼんだまを
とばしてる。

わたしは、ひとりで、しゃぼんだまを　ふいた。
ママの　つくってくれた　ストローは、
どこも　ひみつの　どうぐじゃ　なかった。
ふつうの　ストローだった。
たくさん　あるから、たくさん　つかっちゃおう。
わたしは、ストローを　まとめて　ふくろから
だした。三本《さんぼん》の　ストローを、しゃぼんだまえきに
つけて　いっぺんに　ふいてみた。
あれれ？　しゃぼんだまが　くっついてる。
三本《さんぼん》の　ストローから　でた　三《さん》この

しゃぼんだまは、
くっついて　一《いっ》こに
なってる。
もっと　ふやしたら
どうなるんだろ。
ストローを　もう三本《さんぼん》
だしてみた。
しゃぼんだまえきを
つけて、そうっと
ふいてみる。

おおっ。
いくつもの　しゃぼんだまが
くっついて、ストローのさきで
ぶどうみたいに　なった！
パチンッ！
とつぜん、目《め》のまえで
しゃぼんだまが　はじけて、
かおに　ピシャッと　かかった。

あわてて、手《て》でふいたら、

「ヒヒヒ」

ぎんちゃんが、わらってた。

ぎんちゃんが、たたいて
つぶしたんだ。ひどい。

先生《せんせい》に、いいつけようかと　おもったら、

「ぎんちゃん！」

ねねちゃんと　みさきちゃんが、
とんできた。

「見《み》てたよ！　いじわるして！」

ふたりに、すごい　けんまくで　しかられて、
ぎんちゃんの　目《め》のふちが、みるみる
あかくなってきた。ぎんちゃん、すぐなくなあ。
「もう、いいよ」
わたしは、ゆるして　やった。ねねちゃんと
みさきちゃんは、ぎんちゃんを「しっし」と、
おいはらった。
ぎんちゃんが、よそにいくと、
「ストロー、たくさんにして　ふくと、
がったい　しゃぼんだまが　できるんだね」

と、ねねちゃんが　いった。
「おもしろいねぇ」
みさきちゃんも、うっとり　してる。
　わたしは、ビニール
ぶくろを　見《み》せた。
「たくさん　あるから、
わけて　あげようか？」
　それから、いっしょに
どこまで　ストローを
ふやせるか　やってみた。

ストローを　おおくしたら、大《おお》きく　いきをすって、
すこしずつ　ながーく　はいていく。
わたしが　いちばん、じょうずに　ふけた。
しゃぼんだまは、うまれて、うまれて、うまれて。
くっついて、くっついて、
くっついて。ふわんと　まいあがった。
おかしなかたちの　しゃぼんだまは、
かぜに　ゆれながら　とんでいく。
「ね、こんどは　わたしの
『おさとう　いり

しゃぼんだまえき』で
やってみようよ」

ねねちゃんが　いった。

「さんせい！」

と、みさきちゃんが
手《て》をあげた。

「わたしも！」

わたしも、手《て》をあげた。

「みんなー！」

先生《せんせい》の　こえがした。

「まわりを　見《み》てごらん。
しゃぼんだまの　くにが
できてるよー！」
先生《せんせい》の　いうとおり。なかにわは、
みんなの　つくった　しゃぼんだまで
いっぱいに　なってた。

「ほんとに、
しゃぼんだまの
くに　だね」
みさきちゃんは
わたしの　かおを　見《み》た。

「ねえ見《み》て。にじ！」
ねねちゃんが、
ゆびさした。

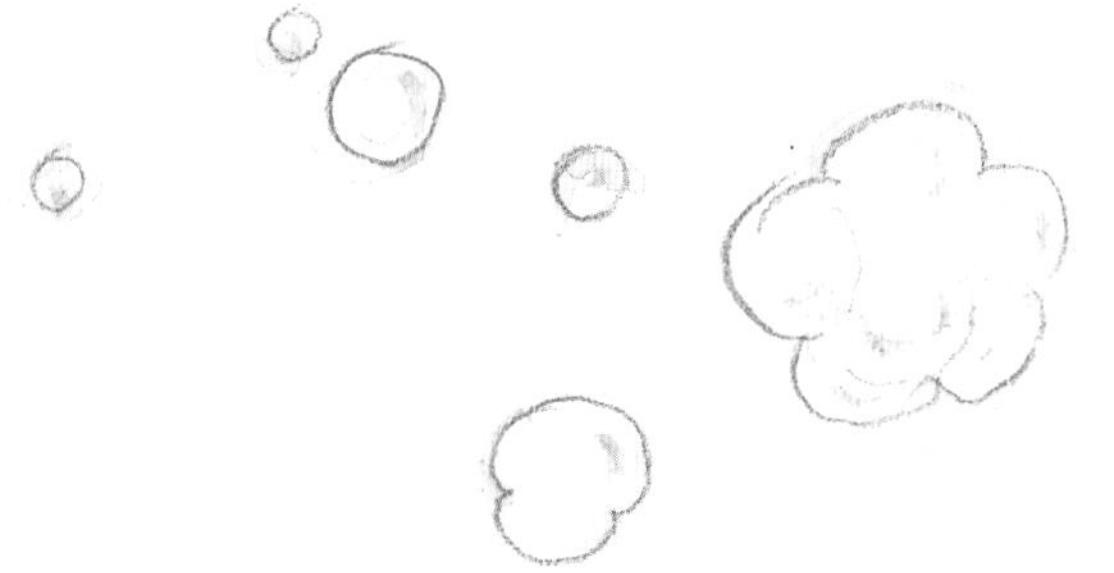

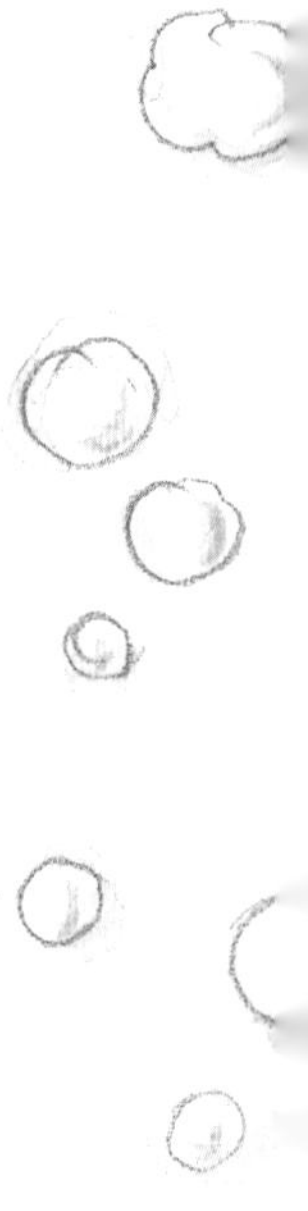

どの　しゃぼんだまも、なかに
小《ちい》さなにじが　はいってる。

「すごいね」
「すごいね」
「大《だい》はっけんだね」

三《さん》にんで　手《て》を　つないで、ぴょんぴょん
とびはねた。とびはねて、ぐるぐる　まわって、
「わたしたち、しゃぼんだまの　ようせい」
ってわらって。

あれ？
モヤモヤ、　なくなってる。

むねのなかに　あった　モヤモヤ、
きえちゃってた。しゃぼんだまと
いっしょに　とんでちゃった　みたい。
いえに　かえったら、
ママに　おしえて　あげよう。

「ママー!
きょう、しゃぼんだま　びより　だったよー!」
って。

山本悦子（やまもと・えつこ）

愛知県出身。1996年『ぼくとカジババのめだまやき戦争』（ポプラ社）でデビュー。『神隠しの教室』（童心社）で第55回野間児童文芸賞受賞。『マスク越しのおはよう』（講談社）で第63回日本児童文学者協会賞受賞。

佐藤真紀子（さとう・まきこ）

東京都出身。作品に『先生、感想文、書けません！』『小さな宇宙の扉のまえで　続・糸子の体重計』（以上、童心社）、『どすこい！』（国土社）、『神様のパッチワーク』（ポプラ社）、『クリオネのしっぽ』（講談社）、「バッテリー」シリーズ（教育画劇）など多数。

装丁　喜來詩織（エントツ）

しょうがっこうがきらいです！

2024年6月　初版　　2024年12月　第2刷

作　山本悦子
絵　佐藤真紀子
発行者　岡本光晴
発行所　株式会社あかね書房
〒101-0065　東京都千代田区西神田3-2-1
電話　営業（03）3263-0641　編集（03）3263-0644
印刷　株式会社精興社
製本　株式会社難波製本

NDC913　63ページ　21cm×16cm

ISBN978-4-251-07318-1

落丁・乱丁本はお取りかえします。定価はカバーに表示してあります。
https://www.akaneshobo.co.jp